시인과 반야로차를 마시다

책 만 드 는 집   시 인 선 2 4 5

시인과
반야로차를 마시다

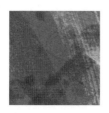

박남식 시조집

책만드는집

살아오면서 늘 그리움처럼 가슴에 맴도는 말
너무 용쓰지 말고 되는대로 살거라
봄에는 누워있어도 차밭에서 만납시더.

내게도 고백하고 싶었던 진심 하나
무어든 일 등 하려 애쓴 적이 없었네
느림보 거북이처럼 뚜벅거리며 차만 축냈지.

2024년 여름
박남식

| 차례 |

빛의 소식

새처럼 날아볼까
바람 타고 올라볼까

너울대는 연밭에
젖은 기억 내다 펴면

아득한 하늘 길 따라
네가 보낸 빛의 소식.

당산할미

사방 트인 작은 동산 쇠고삐 꼭 쥐고
긴 날을 소 먹이며 사색을 하던 아이
당산의 작은 집 하나 신전으로 품었다.

성전의 장막처럼 당산나무 드리우고
찬 바람도 끄떡없이 당당한 그 당집
꼿꼿한 정령의 꽃대 가슴 깊이 세웠다.

어릴 땐 늘 두려워 돌아가던 서낭당 길
이순도 한참 넘어 기어이 발길 닿은
당집의 할미 초상은 어째서 날 닮았나.

곰삭아 보면

옛사람 향내 문득 그리운 그런 날
소소한 일에도 시답잖게 따져보네
비릿한 사람의 정이 보배임도 알겠어라.

오랜 세월 익고 익어 제 몸 부숴 내어주는
그런 차를 마시면 검을 현玄도 씹히는 듯
하늘이 검다는 이치도 알 것 같은 맘이어라.

광화문 2016 가을

샛노란 은행잎들 뛰어내리는 광화문
차가운 바람은 무연히 숨어들고
오래전 밀쳐두었던 기억 하나 튀어나온다.

너무 용쓰지 말고 되는대로 살라던
망자의 유언은 차라리 사치스럽다
가을은 왜 도심으로 성큼성큼 걸어오나.

역류하는 역사는 붉은 피를 토하고
도무지 잠들 수 없이 숨 멎는 날에
장엄한 촛불 바다는 나를 삼켜버린다.

사랑스런 아가야 너도 하나 촛불이구나
너희가 주인 되는 세상을 만들자
타거라 마지막 심지까지 부끄러운 내 모든 것.

벗이여 주저 말고 촛불이 되어보자

그보다 더 진진한 일 우리에게 또 있을까
조국의 아름다운 불꽃 처절하게 피워보자.

어려운 일

오랜 차 살림에도 늘 찻물이 짜디짜서

손바닥 크기의 작은 저울 하나 샀다

눈여겨 계량질해도 간 맞추기 참 어렵다.

가을날이 휘청인다

젊은 여인 눈길 주는 가을 하늘 산등성 위
무심한 구름도 다정하게 모여들어
아기가 옹알이하듯 고물고물 춤춘다.

어느 결에 그녀는 발길을 돌리는데
어인 일로 오래전 마른 내 젖가슴에
감도는 유선의 찌릿함, 가을날이 휘청인다.

구름은 조개처럼 번져가다 흩어지고
가슴에 얹었던 손 애틋이 내리는데
등성은 아무 일 없는 듯 외외하고 유유하다.

춤추는 사유

－고류지廣隆寺 반가사유상* 생각

지상의 모든 시간을 다 품어버렸기에
얼어붙은 발걸음은 또 하나의 선 부처
불현듯 교감한 미소에 환히 보이는 내세.

* 일본 교토의 고류지에 있는 일본 국보 1호 목조미륵보살반가사유상.

한산습득 미소

－고류지 반가사유상 생각

반가사유상 사진을 향해 사유하는 나의 도반
나 홀로 친견한 일 내내 마음에 걸려
무궁화 한 가지 꺾어 찻자리를 청했네.

마주 앉아 정성껏 말차 한 잔 우려내
찻사발을 서로 바꿔 들고 눈 맞추니
때아닌 환생이어라 한산습득 함박 미소.

광화문의 생불生佛

광화문 네거리에 눈물부터 서리는 건
분분히 모여드는 행색들의 향기 때문
부단한 삶의 행태가 엉겨서 더 미덥기에.

사는 게 별거냐고 너털웃음 토하고
동학의 후예라고 자처하던 그대 일신一身
분신인 트랙터 몰고 와 온 생을 던지기에.

그날따라 연인 같은 첫눈은 흩날리고
탑처럼 자리 잡은 트럭 위에 정좌하여
의연한 미소 지으며 빛나는 생불 일위一位.

경찰도 같은 혈기인데 선뜻 견인하랴만
밤사이 쪽잠 자며 용맹정진 참선하며
눈물의 파안대소를 길거리에 흩뿌린다.

세종문화회관 계단에 쪼그리고 앉은 컵라면

퉁퉁 부은 눈으로 아침 남산 바라보며
잊었던 농자천하지대본 몸에 잔뜩 새겨본다.

늘 궁금한 일

산허리 잘라내고 태어난 생태길 담장

동물이 지나가고 있다는 간판 끝자락에

매달린 사슴 두 마리 숨 멎은 채 시위한다.

인간들의 오만이 베풀어준 좁은 길

짐승은 몇 놈이나 건넜는지 늘 궁금타

한없이 깊은 배려에 탄복까지 했는지도.

낙동강 저녁노을 길

누군가에겐 길이었고 누군가에겐 미로였네
본포다리 해넘이 배례하는 외곬 칠순
삭은 삶 식어가는 피 불쏘시개 되어주마.

늘 다니는 길에 관악산이 있다

과천터널 지나면 우뚝 다가서는 관악
천년 나이 박쥐같이 날개 편 산허리에
설렘이 잦아들기 전 자하동천 숨어드네.

세상인심 누르고 만인에게 빛나던
고적한 모습도 일찍이 놓아버린
자하동 선인仙人이 우린 차 한 잔이 그립네.

박쥐도 천년을 근신하면 선인이 된다지
내 전생 어디쯤에 만났을까 싶은 풍경
관악의 기운에 실려 한강으로 발을 뻗네.

오부리五夫里 영천靈泉*

철리哲理에 목마를 때 주자가 즐겨 찾던
그 샘물 정령에게 허겁지겁 인사 나누고
한 사발 벌컥대던 모습 슬며시 부끄럽다.

샘가 돌이끼는 죽고 나기 천년을 거듭하고
해갈에 급급한 인생은 한생을 허비하네
선철先哲의 깊은 고뇌를 훔쳐봄도 어려워라.

* 주자朱子가 일생 중 가장 오랜 기간을 거처하며 학술을 꽃피웠던 무이산
오부리五夫里의 작은 샘.

운남雲南의 차를 마시며

오래된 작은 차실 속삭임이 분주하다
차 한 잔 마주함은 실로 전율하는 감동
초록의 꼿꼿한 삶이 온통 내게 왔기에.

구름의 남쪽 나라 고차수古茶樹에 내려앉던
별빛도 따라와서 노곤함을 녹인다
오늘은 우주의 용틀임 그대와 겨루려나.

다산초당茶山草堂의 푸른 새벽

백련사 깃대봉이 푸른 새벽을 열 때

흰 고무신 다져 신고 초당길 서성이네

발걸음 멈출 때마다 밀려오는 선인의 숨결.

약천藥泉에 동동 뜬 가랑잎 걷어내고

마실 수 없다는 팻말 살짝 돌려놓고

죽음도 한 생生이라며 몇 모금 목을 축이네.

적요함도 샘에 녹아 들릴 듯 말 듯

무딘 귀를 열고 무언의 길 따라가면

낙엽이 한 잎 또 한 잎 어깨 위에 내려앉네.

하늘이 하얗다네

살다 보면 불현듯 불꽃 튀는 명징 한 수
허둥지둥 나눌 이 찾다 다시 아득해지고
안으로 잠잠히 새길 일 자랑이라 드러내네.

살아생전 백 번은 보자 큰소리치더니
열 번이나 만났을까 지음知音 간의 이 거리
무릎이 먼저 꿇고 삭아 하늘이 하얗다네.

늙은 여배우의 천재놀이
－연극배우 김은림

석양도 곁에 불러 무쇠솥에 차를 달이네
말 없어도 좋은 친구 전혜린 평전을 들고
어쩌면 이리도 나 같을까, 사자후 따로 없네.

요절한 천재보다 골 삭아도 살아남아
넉살 좋은 산부처로 가슴에 들앉으니
향기를 주체 못 해서 내 찻잔이 넘치네.

제격의 총량

−고류지 반가사유상 생각

묵언 명상 칠 일째 오늘에야 딱 맞았다
밥도 찬도 양도 간도 제격의 총량이라
정좌한 산부처 입가에 익살맞게 돋는 미소.

성성하다
– 고류지 반가사유상 생각

풀숲 따라 나선 이른 새벽 산책길
발등에 떨어지는 찬 이슬이 성성하다
내 이제 알고도 남을 반가사유상 그 미소.

내 마음 박속같이 열어놓고

능소화 늘어지게 피어 눈부신 날엔

능소홧빛 수의를 입고 떠나가신 어머니

내 마음 박속같이 열어놓고 노래 불러주시네.

천년 차왕수茶王樹 앞에서

해발 천칠백 미터 허카이賀開산 고차수 숲에

천년 세상을 굽어본 차왕수가 살고 있네

오백 년 고차수들이 모시고 선 전설의.

얼마나 많은 손길이 팔 벌려 안았을까

천년을 버텨온 깊고 그윽한 향기

바리때 전해주시듯 차 한 잎 떨궈주시네.

물구나무를 서면

불현듯 망자의 그림자 일렁이는 날

가만히 머리 대고 땅의 소리 듣는다

그리움 극에 달하면 그 또한 생의 일부라지.

충치를 찾아서
- 치과에서

늘 궁금하여 벼르다가 의사에게 물었다
얼마나 독하길래 내 이를 갉아대냐고
그 말에 충치는 실체가 없다는 어이없는 말씀.

충치 예방 포스터에 쇠창 든 검은 그놈이
충치인 줄 알았냐는 삼십 년 주치의 말씀
오늘도 칠십 평생의 충치를 찾고 있다.

어느 한 날

꼭 한 번은 새처럼 허공을 날고 싶었지

어느 한 날 꿈처럼 그렇게 날아가리라

산처럼 우뚝 서있기 그것마저 어려운 날.

구름 머무는 고개

차 한 잔 훅 마시고 내뱉는 품평사
머리가 맑다고만 함부로 말할 순 없어라
우림雨林이 세상 전부인
차농 여인 앞에선.

강호 운무 옷을 입고 찻잎 하나 입에 물고
바람처럼 앉아서
마음 내리라 비우라,
허튼 말 더욱 아니어라
구름 머무는 고개에선.

모든 것이 그리운 건

노을을 바라보며 너, 모든 것이 그리운 건

온 세상 품에 안고 겁 없이 누볐을 때

석양에 비손 올렸던 비밀 하나 있어서다.

없는 길도 만들어 뚜벅뚜벅 걸었던 건

낭만의 심지마저 양식처럼 곱씹어

네 가는 걸음마다에 내 가슴 태워서다.

시조 명창

황금빛 가을 논길 아버지의 길을 걸어본다

낟알마다 서린 정령 지신을 끌어 올려

벼들이 익어가느라 가을볕이 따갑다.

문전옥답 너 마지기 물꼬 트기 명수였던

시조 명창 아버지의 절창, 그리워라

평생을 따라 하기 힘든 고음으로 사셨구나.

오이도 패총

생각 없이 밟고 선 이 무덤이 명줄이었네

검은 개펄 품으며 먹먹히 참회하느니

가슴속 빗살무늬토기에 담기는 까마귀의 귀.

무명 봉분에 차를 뿌리며

산책길 한옆에 잘 가꿔진 봉분 하나
반쯤 묻힌 삭은 화분 국화잎 싹이 돋아
요란한 묘지명 없어도 그 이름을 알 것 같다.

바람마저 잠든 날에 나란히 누운 모습
차 한 잔 묏등에 흩뿌리고 일어서며
궁금증 그마저도 털며 멈춘 길 다시 간다.

양다래 한입 물고서야

신맛에 몸을 떨던 네가 유독 그리운 날
양다래 나도 한입 물고서야 깨닫다니
의연한 네 웃음소리 헛헛했던 이유를.

언젠가 한 번쯤은 다녀가리라 여겼지만
나누지 못한 하직 인사 뭐 별거라고
신새벽 꿈결로 와서 '누!' 하고 호명하긴.

그래도 왔으면 방에라도 들 것이지
얼굴도 내밀지 않고 문 앞에 섰다가는
속없이 가란다고 내빼는 건 또 무슨 심사일지. ,

오연헌梧硯軒* 차담茶談
– 백이운 선생

참으로 한적하나
쓸쓸함이 없다시네

풍경 깨운 실바람에
목어마저 눈뜬 차실

석양도 문살로 모셔
차담놀이 엿보라네.

* 평택에 위치한 필자의 차실.

오연헌 첫눈

한지 문 활짝 열고 온통 흰 세상 품어보네

향기 머금은 큰 찻잔 두 손으로 감싸 쥐니

아무리 귀한 차茶인들 이 아침 아까우랴.

방문을 닫고도 바깥세상 다 보려고

엿보기 창 만들어 홀로 웃음 짓네

바람은 어디로 갔나 풍경화만 남겼네.

화성華城에서 깜빡 잠들다

정자도 누각도 맨발로나 오른다

오래된 담길 따라 몇 사람이 지나갔나

해 질 녘 방화수류정이 동북각루 바라본다.

세월이 꽃을 찾아 버들잎과 노닐 때

난간에 기대 깜빡 잠든 그사이

몇이나 염탐했을까, 무상함이 점검한다.

세필묵이 넘치네

논어 필사 만 오천 자 열 달 만에 마치니
반반하기 어려운 건 공자 왈 자子 자字였네
내 심중 꿰뚫은 연지硯池 세필묵이 넘치네.

적막한 날

귓바퀴 마주 접어 세상 소리 틀어막고

온 삶의 군더더기 한순간에 걷어낸다

내 안의 우렛소리 들으며 적막함도 밀어낸다.

차탁 풍경

차관 밑에 깔려
오랜 세월 묵묵히

하얀 무명천 받침
찻물 받아먹더니

철부지 나처럼 되었다
아무 때고 차만 찾는.

맛도 멋도 모르고
벌컥벌컥 마시는

맹탕이 나처럼
벌겋게 취한 무명 받침

그래도 행주 하나는
늘 너처럼 깨끗하다.

눈 오는 날의 찻자리

늘 익숙해 감미로운 차
손맛에 젖어든 잔

주물주물 빚어낸
상앗빛 잔들이

눈 오는 저물 무렵을
따뜻하게 감싸고.

재가 사뿐 내려앉아
정감 가는 점박이 잔

무심히 쳐 내린
빗살문 다기들이

그대를 그리워하는 듯
찻자리를 장엄하다.

어느 요장에서의 하루

하늘에 일렁이는 구름만 보아도 행복한 날

달항아리에서 새어 나오는 희디흰 노래를

눈 감고 마음의 귀로 듣고 보고 있었다.

오연헌 작은 차실

문고리 양옆에 화초 잎을 붙였다

국화나 단풍 대신 반파노채 생태 찻잎

창호지 점박이무늬 운치로 고명 친 날!

사막의 밤

타르사막의 낙타 사파리를 안내했던 낙타맨

우스만은 나를 위해 그림을 그려주었네

아득한 사막의 밤에 잠 못 드는 플루트 소리.

가슴에 별이 있는 여자는 나이고

플루트를 부는 키 큰 수염의 슈말 노인

외로운 나그네 가슴에 별무리를 아로새겼네.

이른 봄날

봄비 온 뒤 저녁나절 넓은 들 걸어보네
논갈이로 잠을 깬 무논은 하늘을 품고
대지는 뭇 생명체의 정수란 말 실감하네.

소리치면 들리는 곳에 옥답 여덟 마지기
이른 봄 들판의 무논을 바라보며
아버지 육 남매 공부 줄 걸린 희망가 부르셨네.

어린 날의 나는 유난스레 소가 좋아
어미 소 팔려 가고 송아지 농사 밑천일 때
스스로 길들이기 코뚜레 멋모르고 잡았네.

멋대로 날뛰는 놈은 코뚜레를 바짝 땡겨야지
일 잘한다는 칭찬에 종일 무논을 헤맨 날
철들곤 아버지 품에 처음 안겨 잠들었네.

수미산須彌山* 추억

운 좋게 다녀온 지 스무 해가 지났어도
언제나 가슴에 품어온 생멸의 터 수미산
나, 이제 꿈속에서라도 다시 한번 오르고파.

두렵고도 경이로운 오천오백 하늘 길
곡기마저 끊으며 결행한 순례라니
억겁의 돌무더기엔 생령生靈마저 따라 누웠다.

죽음도 불사했던 그 당돌함 차에 녹여
태초부터 나부껴온 타르초**에 뿌려주며
그리운 밀라레빠***의 노래 가슴속에 품는다.

* 티베트 서부 고원에 있는 해발 6714m의 마운트 카일라스Mt. Kailas를 말한
다. 이 신령스러운 산은 불교와 힌두교의 경전이나 신화 속에 등장하는 상
상의 산이다. 자이나교와 티베트 전래 신앙 뵌뽀교를 포함하여 네 종교가
모두 자기 종교의 발상지, 즉 성지라고 여기는 곳이다. 필자는 1999년 10월
에 순례한 바 있다.
** 경전을 적은 깃발로 룽따라고 부르기도 하는데 풍마風馬, 즉 바람의 말이
란 뜻이다.
*** 1052-1135. 12세기 티베트의 위대한 성자로 시인이며 뛰어난 수행승.

54

살아서 백 번은

수액이 하늘로 치솟는 봄버들 아래

선글라스 낀 사내 지팡이로 나물을 캐며

혼자서 들릴 듯 말 듯 봄 거량 하는 날.

살아서 백 번은 보자고 보채던 양반은

이리도 종무소식 안부 묻기도 두려워라

본 지도 까마득한 날 환한 이 봄 아까워라.

차밭의 시인들

곡우절만 되면 만나는 연둣빛 사람들
차밭에서 노닌 지도 스무 해가 넘더니
어느새 흰머리 날리는 언제까지나 소녀들.

필연이 무색도록 차가 좋아 맺은 우의
차밭에서 하늘 잠긴 찻잔 들고 뱉는 말
저 멀리 저승에서도 함께 차를 마시려나.

잠잠히 벙어리처럼 미소만 짓던 이
차신茶神은 힘이 세니 어디엔들 못 만날까
슬며시 인공관절 무릎을 보배처럼 토닥인다.

인연

- 왕송호수 연꽃 습지

아침 햇살 새로 받아 벙그는 봉오리도
이미 한 수 꺾인 연밥의 뒤태도
다소곳 물 위를 걷는
바람의 권속이네.

환한 마음 젖은 마음 한마음에 다 품은
너 또한 무심한 인연의 권속인가
오는 듯 가버린 전언
그 행방을 찾고 있네.

유달산을 오른다

목포에는 오거리사진관만 있는 게 아니다
무성영화 변사처럼 이야기를 읊어대는
오래된 골목길들이 품어 안은 점포들.

손님 맞은 사랑채에 목포의 눈물 뻗쳐 부르고
얻어 쥔 지전 한 장 고래고기 사 먹던
그 아이 칠십고래희, 유달산을 오른다.

차신茶神을 기다린다

가지고 온 찻잔을 하나씩 내어놓고
차를 기다린다 차신을 기다린다
무심히 들고 왔어도
오방색 이야기꽃.

눈부시게 흰 무궁화 붉은 배롱 한 가지씩
벗들에게 다화茶花로 옮겨놓고 싶었지만
가슴에 연꽃 한 송이
이미 담겨버렸다.

손길 어여쁜 차벗이 자청하여 우리는 차
잔마다 어떤 색으로 차신이 태어날까
궁금함 참지 못하여
마음에 파문 인다.

오연헌 일기

찻물 따르는 소리에 화음을 맞추는
직박구리도 틀림없이 차가 그리운 게야
한 모금 먼저 대접할까, 귀한 손님 맞이하듯.

때마침 풋호박 들고 인사하는 집 앞 농부
차 권하니 활짝 웃음 사방으로 파문 짓고
점심은 삶은 감자에 군침 도는 호박나물.

향기로운 찻자리

공부를 할 때마다 다식을 챙겨 와서

찻잔 옆에 한 접시씩 보탑 쌓듯 올리는 사람

그 얼굴 그 마음결을 가만히 들여다본다.

전생에 내가 그를 지극히 모셨는가

내생에 내가 그를 사랑으로 모셔야 하나

전생과 내생을 잇는 향기로운 찻자리.

잠시 멈춰 서다

산책길 맹꽁이가

헌걸차게 읊조리네

잠시 멈춰 서서

뭐라도 한 말씀,

응대를 드리고픈데

한 말씀도 마땅찮네.

저마다의 맛

늘 같은 찻잔에 한결같은 수색인데

맛은 그때마다 저마다의 맛이네

내 마음 부동 없는 요동이 천변만화 부르네.

시인과 반야로차를 마시다

어김없는 계절도
그냥 오는 건 아니다

작은 잔 어루만지며
넓은 세상 품으라니

삼매로 한껏 부빈 차
당도할 줄 아셨을까.

환히 웃는 시인은
머리만 백발이다

깊은 곳 푸른 혈기
찻잔에 삭히니

맛이야 든 듯 만 듯이
향기마저 감췄다.

새로 돋는 찻잎에게

너를 보고 있으면
가슴이 두근거린다

나를 보고 있는 너
가슴이 두근거린다

우리를 지켜보시는 이
가슴도 두근거린다.

유월이 가네

땅콩만 한 작은 찻잔
무슨 마음으로 만들었나

한 잔 홀짝댈 때마다
화산처럼 타는 가슴

호젓이 찰나를 곱씹는 동안
아, 유월이 가고 마네.

담담수수

입 다물고 있으면 참 무뚝뚝한 표정
그 건조함도 손을 맞이하면 살가운 분
보아둔 푸른 꽃 한 가지 미리 꽂아두셨네.

반가운 임 맞이하듯 설렘을 안은 화병
뜸적뜸적 느리게 뱉는 말이 모두 화두다
도공은 작은 잔 하나라도 미치도록 좋아야 한다!

그 물건 가져갈 이 언제 올지도 모르고
어떤 사람인지도 모르는 이를 위해
내 혼을 다 내줄 필요는 없는 것이라고!

웅천요* 한나절을 온전히 보낸 차담
보배산 자락 품은 사백 살 백자 화병
상앗빛 은은함만큼 그저 담담수수다.

* 최웅택 사기장의 요장.

시처럼

비님이 따뜻따뜻 내리는 늦은 오후

나만이 즐기는 짜이 한 잔이 넉넉하다

내 몸이 달콤한 것을 요구할 땐 시처럼!

지금은 소나기!

운두 깊은 방 숨은 듯이 차만 마시다가

댓돌에 누워있던 채송화도 일으키고

기어이 목화꽃 한 송이 찻상에 들앉혔다.

바람결 푸른 날

볏논의 이마를 바람결 스쳐 가네

찰나를 영원이라 여기고 속삭인 말

너에게 들킬 것같이 가슴 먹먹 푸른 날.

밀양 삼은정 가을

삼은천 물 길어다가 홀로 화윤차를 마신다

가을이 푹 익은 정취 나도 익게 하는지

숙우熟盂에 찻물 떨어지는 소리마저 맛있다.

채종採種

오늘의 작업은 차꽃 향기 맡으며

가을 차밭에서 차씨 채종하는 일

늦은 감 있어도 좋은 복된 하루입니다.

비대면 차회

귀밑머리 희끗해도
감성은 소녀 감성
풍류를 보듬는
흰머리 소녀 차인들
단단히 제시간 맞춰
줌*으로 찾아든다.

오늘은 투명한 잔에
내 마음 담아야지
하하호호 대면이
최고의 차회지만
줌에도 정감이 있다는 것
진즉 눈치챘겠다.

* 코로나19 팬데믹으로 만나지 못하고 비대면 영상으로 만나다.

여름 휴일

머나먼 곳곳의
차벗님들 그리며
내 마음 깊은 곳
오심지차吾心之茶를 우립니다
흰 구름 한가로워서
차 마시기 좋은 풍경.

멀리서 보내오는
마음의 주파수로
점박이 무심 잔에는
깊은 정 파문 일고
무더운 여름 휴일도
함께 쉬자 합니다.

풍류는 모든 것을 놓아야 알을 품는다

차가 좋아 모인 너, 나 그리고 우리
찻물이 한 잔 한 잔 스몄을 뿐인데
상대를 받아들이며 희끗 머리 되었다.

차 일손 필요하면 손길을 모아주고
자리가 적적하면 앉음새로 채워주고
스무 해 서른 해 가며 함박웃음 퍼부었다.

알곡 진기 다 나누고 빈 껍데기 되었건만
풍류는 모든 것을 놓아야 알을 품는다
소중한 인연들 함께 아름답게 품는다.

첫물 차 한 소쿠리

차인 아홉 명이 찻잎을 따고 덖으며

증차蒸茶 만들기 놀이로 힐링하는 하루

연초록 차의 기운이 가부좌로 들앉는다.

삼십 년 차살림에 차벗들 늙어가도

마음은 영원한 소녀 신묘한 물의 흔적

파문을 남기지 않고 초록 꿈이 열린다.

가만히 지켜보라고

차 한 잔에 난꽃 한 송이
사랑하지 않을 수 없네

탕색이 하도 고와
잠시 지르는 탄성

코끝에 닿은 향기가
차기茶氣마저 감싸 안네.

재탕 삼탕 우리면서
맞장구치는 수다 삼매

향기 침 따끔하게
무심함을 일깨우고

가만히 지켜보라고
차의 정령 이르시네.

가을날의 은총

베란다에 활짝 핀 차꽃 송이 고마워라
해를 거듭할수록 설렘이 커져가니
간밤에 무슨 비밀 나눴나 금빛 꽃술 야릇하네.

이 가을 내내 행복이 넘칠 것이네
네게 준 것이라곤 물밖에 없는데
생명을 선물로 주신 그분께 감사할 뿐.

봉녕사 가는 길

나뭇잎이 대지로 멋지게 내리려면

푸른 기운 물 기운 모두 버려야 하리

바람을 친구 삼아야 꽃잎처럼 내리리.

사시사철 아름답지 않은 생도 없다더니

미련 없이 그 속으로 기어이 돌아간 너

그리움 문득 이는 날 봉녕사를 보러 가네.

지창紙窓에 서녘 해거름 붙여놓고

멋모르고 호기롭게 세상을 떠돌 때는
만나는 낙조마다 뜻을 곰곰 새기더니
웬일로 네 붉은 심지에 오늘은 담담해지나.

창호지에 숨겨놓은 찻잎무늬의 전설
무심히 따른 찻잔에 초록초록 떠오르니
그리움 전해도 될까 차심茶心 문득 설레누나.

설죽의 푸른 기개

설죽이 푸른 기개를 품는 줄도 모르고

밤새 도심 뜰에 눈이 함박 내려도

아무런 기별이 없다 지상의 공중 누옥엔.

새벽 창을 열고서야 낮은 탄성 뱉을 뿐

땅의 정기 놓치고도 아무렇지도 않은 듯

세월은 나를 비껴간다 종일 차만 축낸다.

첫물 차 아침

차인들이 머물다 남긴 은혜로운 차담들이

아침 차 향기 올려 고택 뜰을 깨운다

지샌 밤 차 만들기의 노곤함을 품어 안고.

홀로 마심이 신령스럽다던 옛 선인의 멋이

소롯이 느껴지는 고적한 산사山寺 아침

첫물 차 연둣빛 신령이 친히 강림하시다.

무심놀이

당당한 품의 사발이 내게 왔으니
마땅히 뭔가를 갖추어야 할 듯해서
비단옷 곱게 차려입고 송화다식도 찍었다.

마음을 전하는 족자도 꺼내 걸고
무쇠 주전자에 물 끓이며 우수절 한나절을
회청빛 웅천사발에 무아지경 풀었다.

좁쌀처럼 도드라진 사발의 손맛은
굽에서 가벼운 둔덕의 리듬을 치고
전으로 퍼져가는 기품 차라리 수더분하다.

장인이 비밀히 담아둔 말 없는 차담
절묘함을 넘어선 풍격을 느끼느니
이렇듯 무심놀이 즐긴 해방자의 무심함.

찻잎이 돋았다

사랑하는 임이 베란다에 헌신했다
신명을 다해 태어난 경이로운 녹향
경건히 제를 올리듯 찻사발을 들어 올린다.

설레는 가슴은 그제나 이제나 같다
철들지 못하고 하늘만 바라보니
봄날이 까마득한 하늘로 시를 물고 달아난다.

명장의 삼매수

갑진년 입춘차회를 웅천요에서 가지다
양지바른 차실에 홍매화 한 가지
꽃망울 터뜨리는 뚝심이 연심보다 부드럽다.

무엇이든 주면 서슴없이 받고
가지고 있는 건 그냥 다 주고 싶은 날
어느덧 진심 가득한 입춘 햇살 꿈결 같다.

무심히 격불하는 장인의 우직한 흙손
차실의 훈기 담아 연둣빛 향 꽃 피우고
팽객의 연둣빛 시심 차완 안에 장엄하다.

무념 무색의 흔적

모두 다 돌아가고 난 호젓한 시간
어찌 이리 순정한 침향차가 생각났을까
지난봄 중국의 차벗이 내게 준 귀한 선물.

지나고 보면 다 그립고 감사하네
소중한 인연의 향기 가득 찬 작은 차실
이토록 큰 힘일 줄이야, 무념 무색의 흔적!

* 하이난다오 후뤼윈胡瑞芸 선생이 그리운 날.

묘한 맛은 어쩌나!

무르익은 가을이 찻상에 들어앉았다

소리 없이 차 마시는 자매의 속셈이 궁금하다

저 먼저 색향에 취하면 묘한 맛은 어쩌나!

봄날 같은 겨울 차실

봄날 같은 겨울 차실에서 홀로 차를 마신다

햇살이 비껴가는 그림자 차탕에 잠겨

모자라 덤덤한 나에게 푸른 용이 꼬리 친다.

모여 앉은 찻그릇들 내 마음을 붙드니

이 작은 그릇에도 저마다 혼이 있다

허투루 내게 오는 것은 아무것도 없구나.

차 한 잔 인연을 위해 소중한 기운 모아준

장인들의 정신에 어떤 정성 보였던가

검박과 열정을 다지는 찻자리가 따사롭다.

봄 안부

아직 움틀 기미조차 없는 차밭에 앉아

차신茶神을 재촉한다 시신詩神을 소환한다

반백의 갑장 차인 셋이 결의하는 봄 안부.

지난겨울 뇌경색이 살짝 지나간 차벗

누워있어도 우리 차밭에서 만납시더

철없는 반백 소녀들 화두를 캐고 있다.

정화淨化의 순간들이 뿌리내린 적공積功의 앙금

정용국 한국시조시인협회 이사장

1. 들어가며

적어도 70년 이상을 이 땅에서 살아온 지성인이라면 그 한 사람이 태어나서 지금에 이르기까지 겪고 버텨낸 시간은 참으로 위대했다고 할 수밖에 없다고 생각한다. 동족상잔의 전쟁을 겪고 살아남은 것도 대단한 일이거니와 빈곤을 이겨내고 독재와 대립의 시대를 넘어 대한민국이 다수의 지표에서 세계 상위권의 지위를 이룩한 것은 세계 어느 나라도 이루어내지 못한 혁혁한 사실이며 자부해도 좋을 만한 위업인 것은 틀림없는 일이기 때문이다. 이 격동의 시간에 국가가 기획한 다양한 정책도 대단했지만 개개인들의 신념과 열정 그리고 희생 또한 엄청

난 수준의 것이었다. 흔히 '라인강의 기적'을 이야기한다지만 독일은 이미 2차대전을 일으키기 전부터 세계 제일의 공업국이었고 유럽의 중심 국가였기 때문에 스스로 전쟁을 자초한 실수로 물의를 일으켰을 뿐이다. 그러나 이에 견주어 본다면 식민지를 겨우 벗어나 살벌한 전쟁까지 치른 폐허에 세계 최빈국이라는 바닥에서 대한민국이 이루어낸 '한강의 기적'은 그야말로 진짜 기적이라고 해야 할 것이다. 그래서 추운 산악지대가 대부분이고 자원도 자랑할 것이 없는 한반도는 우리 국민을 강하고 열정적인 인간으로 이끌고 간 위대한 스승으로 인정해야 한다. 다시 한번 이 땅의 존엄에 대해 감사하며 새롭고 줄기찬 생존의 방식을 스스로 창출하여 실천해 낸 당사자로서 느끼는 만족감은 이루 말로 다 표현하기 어려울 지경이다.

박남식의 두 번째 시조집 원고를 받아 들고 대한민국과 한반도를 떠올린 것은 대단한 국민이라고 칭찬받는 우리들 중에서도 그가 쌓아 올린 생의 다양한 봉우리를 살펴보자니 가없다는 생각이 들었기 때문이다. 사람이 백 년을 산다는 시대라고 해도 어느 한 분야에서 공적을 쌓기란 도무지 쉬운 일이 아니다. 그런데 그는 우선 한재寒齋 이목李穆 선생의 차도 사상을 연구하여 성균관대학교에서 철학박사 학위를 취득한 학자다. 이것만으로도 힘든 일이지만 그는 대한요가회의 임원을 맡을 만큼

고수이며 자신이 창안한 각별한 요가를 전파하고 있다. 그리고 우리가 아는 시조시인 박남식이 그 끝에 있다. 이 세 가지는 그저 커다란 줄기일 뿐이고 그가 창설한 화윤차례문화원은 차나무를 기르고 질 좋은 수제 차를 만들며 차를 즐기는 예법에 이르기까지 폭이 넓은 궁행의 기록을 지니고 있다. 요가에서도 삼법요가라는 새 줄기를 만들어 이미 30년이 넘게 후학들을 기르고 있는 것은 지극한 열정이 아니고서는 다가설 수 없는 일이다. 이렇게 보자면 다도와 요가로 정진한 맑고 아스라한 정수리에 그는 우리의 전통시인 시조를 받들어 모시고 있는 형국이라고 볼 수 있다. 그래서 그의 원고는 거의 차로 엮어진 다감한 소회와 명징한 생각들로 가득한데, 결국은 큰 줄기의 근간들이 통섭하며 상생의 가지를 새로 뻗은 드높은 사유의 결과물이라 해야 할 것이다. 그래서 그의 작품들은 그 숫자로 볼 일이 아니어서 등단 11년 만에 첫 시조집이 나왔고 이제 다시 8년이 지나서 두 번째 결실을 맺고 있다. "살아오면서 늘 그리움처럼 가슴에 맴도는 말/ 너무 용쓰지 말고 되는대로 살거라/ 봄에는 누워있어도 차밭에서 만납시다.// 내게도 고백하고 싶었던 진심 하나/ 무어든 일 등 하려 애쓴 적이 없었네/ 느림보 거북이처럼 뚜벅거리며 차만 축냈지." 큰 소임을 수행하면서도 그의 행동이나 생각에는 서두르거나 재촉함이 없어 위에 쓴 '시인의 말'처럼 한가롭고 번다하지 않게 살아간다. 이 또한 차와 명상과 요가가 어우러져 시조 작품에서도 그 아우라Aura가 크게 뿜어져 나오는 것으로 보인다.

2. 차를 우리다

차를 마시는 일은 그저 일상의 한 부분이지만 격식을 갖춰서 제대로 음용하는 것은 취미를 넘어 예를 올리는 훌륭한 삶의 향취라 할 것이다. 짧은 시간 안에 차를 마시는 과정이 이루어지지만 가만히 살펴보면 각각의 순서는 마치 멀고 진중한 삶의 긴 여정처럼 느껴진다. 박남식의 일상은 차로 시작하고 마치기 때문에 그의 일상과 시조에서도 차는 별도로 생각할 수 없으니 조금 더 차 이야기를 해야 그의 시조에 다가설 수 있다. 그는 차밭을 직접 가꾸고 길러 우선 양질의 재료를 스스로 확보한다. 그리고 훌륭한 재료를 손수 덖고 갈무리하여 수제 차를 만들어 음용하는데 수량이 적기 때문에 주변에서도 아주 절친한 사람만 차를 맛볼 수 있다. 나무를 기르고 차를 만드는 과정은 일반인들이 누리기 힘든 일이고 보통 애호가들은 차와 다기를 취향에 맞게 고르는 일부터 시작하는 것이 보통이다. 차와 다기만 이야기한다고 해도 할 말이 너무 많은데 전문가인 시인이 차를 마시는 광경은 어떨지 자못 궁금하다. 시를 통해 들여다보기로

하자.

　　당당한 품의 사발이 내게 왔으니
　　마땅히 뭔가를 갖추어야 할 듯해서
　　비단옷 곱게 차려입고 송화다식도 찍었다.

　　마음을 전하는 족자도 꺼내 걸고
　　무쇠 주전자에 물 끓이며 우수절 한나절을
　　회청빛 웅천사발에 무아지경 풀었다.

　　좁쌀처럼 도드라진 사발의 손맛은
　　굽에서 가벼운 둔덕의 리듬을 치고
　　전으로 퍼져가는 기품 차라리 수더분하다.

　　장인이 비밀히 담아둔 말 없는 차담
　　절묘함을 넘어선 풍격을 느끼느니
　　이렇듯 무심놀이 즐긴 해방자의 무심함.
　　　－「무심놀이」 전문

　번거롭다고 생각하면 쉽게 싫증이 나겠지만 모든 일에 격식
이 차려질수록 한결 돋보이고 재미도 넘쳐나는 법이다. 바쁘다

는 핑계로 얼마나 많은 일회용들이 판치는 세상인가. 인간의 편리를 도모한다는 이유로 환경이 파괴되고 인간의 품성과 여유도 내팽개쳐지는 것이 다반사인 세상이다. 대수롭지 않게 끓인 물에 녹차 팩을 담가서 우려 마시는 일상은 얼마나 건조하고 이기적인가 말이다. 오죽하면 멍때리기 대회가 열리고 느리게 살아가라는 강의가 인기 만점이라고 한다. 여기에 비하자면 '박남식표 무심놀이'는 차고 넘치는 풍류로 가득하다. "당당한 품의 사발이 내게 왔으니" 모든 것의 빌미가 되었다. "비단옷 곱게 차려입고 송화다식도 찍었"으며 "족자도 꺼내 걸고" 신명을 더하면 "무쇠 주전자에 물 끓이"는 화자의 품이 덩그렇다. "회청빛 웅천사발"은 조선시대에 진해 웅천의 가마터에서 가마 불이 요변으로 탄생시킨 웅천요변찻사발을 말하는 듯하다. 가장자리가 날렵하면서도 굽이 우뚝하고 매화피가 볼록한 웅천요변찻사발은 지금도 대를 이은 명품이라고 해야겠다. 좋아하는 찻사발을 손에 넣은 날은 밥을 먹지 않아도 배가 부르고 종일 기분이 좋기 마련이다.

인간이 겪고 헤쳐 나가는 수많은 언덕은 매우 험준한 산이지만 이러한 소소한 재미와 감흥으로 넘치는 '무심놀이'를 하며 산을 넘어가는 것이리라. 시인이 붙인 이 이름은 얼마나 고매한가. 사실 마음에는 언제라도 무언가 늘 들어있게 마련이어서 '무심'이란 지극히 어려운 마음의 상태라 할 수 있다. 그러니

시 안에서 진행되는 무심놀이는 삶을 영위하는 데 필요한 경제 활동이나 수지 타산에서 한발 물러나 있는 태평한 놀이라 해야겠다. 인간은 늘 먹고사는 문제에 집착하는 것이 당연지사이고 그것만 중요하다고 믿기 때문에 이 외의 문제는 문제로도 보지 않는다. 그래서 차를 마시기 위한 잡다한 격식은 일도 아니라는 것인데 화자는 그것에 흥이 나있으니 독자는 되레 더 재미있는 것이다. 누구라도 화자처럼 차를 마시려면 가장 먼저 마음의 여유가 있지 않으면 안 된다. "송화다식"이나 "무쇠 주전자"는 늘 사는 문제로 다급해서 은근한 마음이 없으면 만들고 갖추기 어려운 산물이기 때문이다. 또한 근사한 문인화가 그려진 "족자"나 "좁쌀처럼 도드라진 사발의 손맛"을 느낄 줄 알아야 "웅천사발"의 격조를 눈으로 헤아릴 수 있을 것이니 아무나 그냥 무심놀이를 할 수는 있는 것도 아니다. 흔히 문화의 품을 아는 사람은 '검소하나 누추하지 않고, 화려하나 사치스럽지 않다'는 '검이불루 화이불치儉而不陋 華而不侈'의 철학이 여기 다소곳이 숨어있으니 무심놀이는 무심해도, 무심하지 않아도 안될 미증유의 일이겠다.

참으로 한적하나
쓸쓸함이 없다시네

풍경 깨운 실바람에

목어마저 눈뜬 차실

석양도 문살로 모셔

차담놀이 엿보라네.

 ―「오연헌梧硯軒 차담茶談 ― 백이운 선생」 전문

 사제지간에 차를 나누고 있는데 무심놀이에 이어 "차담놀이"가 이어진다. 대화 내용은 알 수 없지만 당연히 차와 도자기와 마음에 관한 이야기가 펼쳐졌을 것이다. "한적하나/ 쓸쓸함이 없다" 하니 "풍경"도 "목어"도 깨어나 눈을 뜨고 대화의 깊이에 빠져있는 모습이 아련하다. 둘만 즐겁기가 아쉬워 "석양도 문살로 모셔" 오자고 하는데 마주 앉았을 꼿꼿한 두 어깨가 단란해 보인다. 그 분위기를 암시하는 단서는 "오연헌梧硯軒"이라는 화자의 차실 당호에 숨어있을 듯하다. 硯은 벼루를 뜻하고 벼루는 대개 돌이나 흙을 구운 자기로 만드는 것이 상례다. 벼루는 글을 쓰려는 사람에게는 필수인 문방사우였다. 그런데 돌이나 자기는 무거워서 그것을 가지고 나가 집 밖에서 글을 쓰려면 그 무게 때문에 불편하기가 이를 데 없는 물건이었다. 그래서 드물게 나무를 깎아 옻을 칠한 가벼운 나무 벼루가 생겨나게 되었다. 대개 단단한 물푸레나무로 많이 만들었는데 물푸

레나무는 단단하지만 나무 중에는 무거운 축에 속한다. 박남식의 차실 이름에 오동나무 梧를 써서 '오연'이라 지은 것은 나무 중에서도 오동은 가볍고 결이 좋은 나무이니 그의 마음을 간결하게 지키고 삶을 가볍게 살고자 하는 바람이 그대로 스며들어 있는 것으로 추측된다. 오동나무 벼루처럼 가볍고 단출한 삶을 살려고 하는 마음이 차실 당호에 박혀있었으니 사제가 나눈 대화의 경쾌함도 그러했을 것이다.

오래된 작은 차실 속삭임이 분주하다
차 한 잔 마주함은 실로 전율하는 감동
초록의 꼿꼿한 삶이 온통 내게 왔기에.

구름의 남쪽 나라 고차수古茶樹에 내려앉던
별빛도 따라와서 노곤함을 녹인다
오늘은 우주의 용틀임 그대와 겨루려나.
　 -「운남雲南의 차를 마시며」 전문

차를 우려내는 일은 감이 있어야 한다. 차의 종류에 따라 다관에서 머무는 시간도 고려해야 하고 우리는 횟수에 따라 또는 마시는 이의 취향에 따라서도 각기 다르기 때문이다. 찻잎이 펴지며 액체 속으로 빠져나오는 것을 우러난다고 하지만 '마음

속에서 저절로 생겨 나오는 것'도 우러난다고 적는다. 그러니 차를 마시는 것은 마음을 다스리는 일과 자연스럽게 겹쳐진다. 그래서인지 화자는 "차 한 잔 마주함은 실로 전율하는 감동"이라고 표현한다. "초록의 꼿꼿한 삶이 온통 내게 왔"다고 믿는 것은 차나무를 기르고 차를 덖고 땀을 흘려서 만들었기에 더욱 절감하게 되는 것일까. 중국 운남(윈난성)은 중국의 차 산지로 유명한 곳이다. 특히 보이차 생산지의 대부분은 운남이라고 적혀있다. 윈난성의 90%가 차마고도가 시작되는 험한 산지이고 아열대기후여서 발효차가 잘 숙성되기 때문일 것이다. 시인의 감성으로 보자면 "구름의 남쪽 나라"는 얼마나 운치가 있는 지명인가. "운남의 차"는 그곳의 "고차수에 내려앉던/ 별빛"의 "노곤함"도 녹여주는 명약이었다. 더 나아가 "우주의 용틀임"을 서로 겨루는 발상은 박남식 시인이 상상하는 차의 세계에만 존재하는 별천지라고 해도 좋겠다.

3. 그릇에 깃든 검박과 열정

차인들은 오랜 세월을 차와 함께 지내다 보면 여러 가지의 사발과 다관, 그리고 잔을 구비하게 마련이다. 개인의 취향에 따라 다기를 구하지만 계절에 따라 두껍고 얇은 잔과 사발이 필요하기도 하고 팽객에 따라 화사한 잔이나 두툼하고 묵직한 것을 골라 상대에 맞게 대접하기도 한다. 문화재급인 영남요의 백산 김정옥의 다기는 정갈하고 반듯하지만 너무 격식을 차리고 있어서 얌전하고, 문경요의 도천 천한봉의 그릇은 날렵하고 다부지나 빈틈이 없어 오히려 긴장감이 감돈다. 이에 비하면 밀양 구천요 구진인의 숙우나 다관은 다양하고 오밀조밀한 현대적 감각을 품고 있으며, 젊은 도공 김대웅의 그릇은 기상천외한 변형미와 질감으로 즐거움을 준다. 진해 웅천요의 최웅택 도공은 박남식이 좋아하는 작가이다. 조선의 전통 찻사발을 구현하고자 애쓰는 그의 그릇은 굽이 우뚝하고 매화피가 도톰하기로 유명하다. 여기 차인들이 요장에서 작가와 소통하는 비밀스러운 장면을 지켜보기로 한다.

갑진년 입춘차회를 웅천요에서 가지다
양지바른 차실에 홍매화 한 가지
꽃망울 터뜨리는 뚝심이 연심보다 부드럽다.

무엇이든 주면 서슴없이 받고
가지고 있는 건 그냥 다 주고 싶은 날
어느덧 진심 가득한 입춘 햇살 꿈결 같다.

무심히 격불하는 장인의 우직한 흙손
차실의 훈기 담아 연둣빛 향 꽃 피우고
팽객의 연둣빛 시심 차완 안에 장엄하다.
　－「명장의 삼매수」 전문

　화자는 입춘 절기를 맞아 요가 후학들을 데리고 웅천요에
간 듯하다. 차를 즐기는 다양한 덕목 중에 다기의 미학을 완상
하는 즐거움도 한몫을 한다고 할 수 있다. 대개 도예 작가와 친
하게 거래를 트다 보면 소통하는 재미로 고가의 작품을 구입
해 주거나 때론 무심하게 걸작을 고객에게 건네는 경우도 있
다. 이미 돈의 경계를 허문 미학이 상통하기 때문일 것이다. "무
엇이든 주면 서슴없이 받고/ 가지고 있는 건 그냥 다 주고 싶은
날"이 바로 그날이리라. 찻사발을 하나씩 고르고 주인이 말차
를 타주는 광경은 요장에서는 일상이지만 숙련된 팽주가 "격
불하는" 모습은 일반인들이 보기엔 그 또한 예술이다. 찻사발
에 말차를 덜어서 더운물을 부은 다음 차선을 이용하여 빠르고
일정하게 저어 거품을 내는 것을 '격불'이라 하는데 이는 차의
질감을 부드럽게 내기 위한 것이지만 온 정성을 모아 차를 젓
는 것은 색다른 정신 수양의 일종으로 보기도 한다. 이렇게 차
를 음미하는 과정은 맛을 추구하기도 하지만 모든 정성이 깃든
높은 경지의 수련이라 해도 과언이 아니다. 박남식이 차례를

연구하고 요가에 전념하는 것은 찰떡궁합처럼 연분이 깊은 연결 고리를 지닌다. 그 지난한 결과물을 시조로 표현해 내는 것이니 그의 작품은 삼합의 결과물이라 할 수 있다. 모여서 차를 마시고 격조 높은 대화가 오가면 일상도 머리를 숙인다. "팽객의 연둣빛 시심 차완 안에 장엄하다"라는 종장이 그윽하기 이를 데 없다.

봄날 같은 겨울 차실에서 홀로 차를 마신다

햇살이 비껴가는 그림자 차탕에 잠겨

모자라 덤덤한 나에게 푸른 용이 꼬리 친다.

모여 앉은 찻그릇들 내 마음을 붙드니

이 작은 그릇에도 저마다 혼이 있다

허투루 내게 오는 것은 아무것도 없구나.

차 한 잔 인연을 위해 소중한 기운 모아준

장인들의 정신에 어떤 정성 보였던가

검박과 열정을 다지는 찻자리가 따사롭다.
　－「봄날 같은 겨울 차실」 전문

　홀로 차를 마시는 시간은 오롯하다 못해 웅숭깊은 시간이다. 삶을 성찰하고 일상에 대한 반성과 소회를 은밀하게 곱씹는 자신과의 만남이기 때문이다. 차인답게 화자의 마음을 사로잡는 것은 "모여 앉은 찻그릇들"이다. 날마다 차를 우리고 정성스럽게 닦고 완상하는 그릇들이니 "이 작은 그릇에도 저마다 혼이 있다"고 생각하는 것은 당연한 일이다. 더 나아가 "허투루 내게 오는 것은 아무것도 없구나"라는 큰 화두에 접근하게 된다. 그래서 겨울 차실인데도 불구하고 "봄날 같은" 따스함이 피어나는 것이다. "차 한 잔 인연을 위해 소중한 기운 모아준" 사람은 도공이며 시인은 그에게 무한 감사를 드리는 것도 잊지 않고 있다. 차인과 도공 사이에 이어지는 "검박과 열정을 다지는 찻자리"는 인연이 "따사롭"게 피어나는 아름다운 고리가 되었다. 인생을 살다 보면 고마움 천지고 반가운 일 또한 모르고 지내는 경우가 허다한데 차를 통하여 삶을 돌아보고 명상으로 다져진 박남식의 일상은 여유롭고 반짝거린다.

4. 차신에게 안부를 묻다

차나무를 가꾸고 차를 만들어 그것을 마시고 즐기는 것에 대하여 평생 연구하고 실천한 박남식의 인생이었으니 차는 그에게 모든 것이라고 해도 과언이 아니다. 차를 마시는 것이 무슨 대단한 일이라고, 격식이 지나치다고 남의 말을 하듯 호통을 치는 이도 없지 않았을 것이다. 그러나 차라는 것은 음식이라기보다는 정신에 가까운 존재라고 생각한다. 차를 마셔서 몸의 기운을 돕고 양생의 목적으로 취할 수도 있겠으나 제일의 목표는 차를 통하여 정신을 가다듬고 자신을 성찰하기 위한 예술의 한 가닥이라고 보는 것이다. 그렇게 접근하면 차례를 지키고 수련하는 것은 엄중한 춤이요 지휘자의 경지나 다름이 없을 것으로 본다. 아마도 대학교에서 차도 연구에 대하여 철학박사 학위를 수여하는 것도 이러한 갈래였기 때문이라고 짐작한다.

아직 움틀 기미조차 없는 차밭에 앉아

차신茶神을 재촉한다 시신詩神을 소환한다

반백의 갑장 차인 셋이 결의하는 봄 안부.

지난겨울 뇌경색이 살짝 지나간 차벗

누워있어도 우리 차밭에서 만납시더

철없는 반백 소녀들 화두를 캐고 있다.
　-「봄 안부」전문

　함께 차를 즐기는 도반 셋이 새싹을 기다리며 "차밭에 앉아/
차신을 재촉한다"는 구절에는 한량없는 기대와 신앙심이 느껴
진다. 고희를 넘겨 이제 몸도 "뇌경색이 살짝 지나간 차벗"이라
니 얼마나 미덥고 진중한 관계일 것인가. 그들이 일생의 길고
먼 시간을 차 하나로 인연을 맺고 소통한 길에는 "셋이 결의하
는 봄 안부"가 따로 존재할 만도 하다. 오래도록 차밭에 거름을
내고 가지를 다듬으며 공을 들인 나무들은 얼마나 정겨우랴.
"아직 움틀 기미조차 없는 차밭"은 추운 바람이 불 테지만 차신
茶神을 통하여 "시신詩神을 소환"하는 자리이니 더욱 감흥은 일
렁이고 가슴은 벅차올랐을 것이다. "철없는 반백 소녀들"이 주
고받는 대화에는 가뭇없는 시절의 회상과 내리막 인생길에 대
한 걱정과 기대도 스며있을 것이니 "화두를 캐고 있"는 반백의
머리칼도 아름답기 그지없어 보인다. 곧 "봄 안부"는 인생의 안
부이며 차에 대한 정담으로 가득 찬 도원의 결의처럼 다가온

다. 시나 차도 혼자 공부하는 것이지만 도반과 함께 걸어가는 문학이나 차도의 길은 더욱 빛나고 든든하다. 서로에게서 힘을 주고받으며 결의와 반성의 의지로 나가는 길은 씩씩해지고 단단해지기 마련이다. 그래서 걱정거리 "뇌경색"이 "살짝 지나간" 것에 감사하며 우의를 다진다. 세 사람의 "봄 안부"는 세상에서 가장 아름다운 소식임이 틀림없겠다.

> 황금빛 가을 논길 아버지의 길을 걸어본다
>
> 낟알마다 서린 정령 지신을 끌어 올려
>
> 벼들이 익어가느라 가을볕이 따갑다.
>
> 문전옥답 너 마지기 물꼬 트기 명수였던
>
> 시조 명창 아버지의 절창, 그리워라
>
> 평생을 따라 하기 힘든 고음으로 사셨구나.
> ─「시조 명창」 전문

차신에게서 시신을 소환하는 것처럼 늙어가는 자식은 시도

때도 없이 부모를 소환하게 된다. 멀게만 느껴졌고 살갑지 못했던 부녀의 사이도 철이 든 딸에게는 눈물로 다가오는 법이다. "황금빛 가을 논길 아버지의 길을 걸어"보면 "평생을 따라하기 힘든 고음으로 사셨"던 아버지를 이해하게 되고 "시조 명창"은 차라리 아버지의 절규처럼 느껴질 때 이제 딸도 고희가 되어있었을 것이다. 인간은 참 더딘 동물에 속한다. 태어나 바로 뛰는 송아지나 염소보다 수백 배는 느리고 제 밥값을 하기 어렵다. 대충 보아도 20년은 더 걸려야 사람 노릇 겨우 하는 것이 인간이니 아버지의 속마음을 알아내는 것은 정말로 아득한 일이다. "힘든 고음"은 아버지의 힘든 삶이 고스란히 녹아있는 시어이다. "아버지 육 남매 공부 줄 걸린 희망가"(「이른 봄날」 둘째 수)의 구절처럼 시조창으로 힘들고 막막한 시절을 풀어냈을 것이다. "옥답 여덟 마지기/ 이른 봄 들판의 무논을 바라보며"(「이른 봄날」 둘째 수) 자식들의 안녕과 무탈을 기원하며 모를 내고 풀을 매고 알곡을 털었을 '명창' 아버지의 모습이 눈에 훤하다.

불현듯 망자의 그림자 일렁이는 날

가만히 머리 대고 땅의 소리 듣는다

그리움 극에 달하면 그 또한 생의 일부라지.

　－「물구나무를 서면」 전문

　고희의 연치라면 심심치 않게 부음이 들려올 시기다. 긴 병고 끝에 떠난 것이라면 덜하겠지만 갑작스럽게 듣는 부음은 많은 소회가 오래 머물다 갈 것이다. 더구나 같은 차인으로 오래 돈독하게 지내던 사람과의 이별은 상처가 깊고 안타까워서 마음의 갈피에서 쉽게 지우기 힘들다. 누구나 피할 수 없는 죽음의 그림자라 할지라도 두렵지 않을 수 없다. "가만히 머리 대고 땅의 소리 듣는다"는 것은 요가의 수련 방법이다. 늘 서서 다니던 사람이 물구나무를 서면 어떤 몸의 변화가 생긴다. 머리가 땅에 닿을 때 몸은 혈액순환을 개선하고 정신력을 집중할 수 있으며 체내의 독소를 배출하는 효과가 있다고 한다. 이런 육체적 효과 외에 화자는 "땅의 소리 듣는다"라고 하였는데 '땅은 우리가 온 곳이며 갈 곳이다'라고 생각한다면 숙연한 화두 하나 스쳐 가지 않을까. 더 이상 그 사람을 볼 수 없게 되는 것이 죽음의 가장 큰 두려움이라고 할 수 있다. 그런데 "그리움 극에 달하면 그 또한 생의 일부라지"라는 종장의 결구는 지극한 감정을 숨기고 있어서 마치 억지로 한 말씀처럼 들을 수도 있지만 "극에 달하면" 죽음마저도 "생의 일부"로 수긍하는 화두의 근거가 되는 것이니 인간의 갈증과 미혹도 동전의 양면처럼 또는 반야심경의 공불이색空不異色처럼 일체가 아니겠는가. 늘 그립고 아스라한 '사람의 안부'는 어쩌면 모르는 게 약이고 아는 게 병이라는 속담에 기대는 게 차라리 나을 듯하다.

5. 나가면서

늘 단정한 모습으로 주변에 나서는 박남식 시인의 자태는 요가로 단련되고 명상으로 숙성되어 단아하고 가볍다. 긍정의 방식으로 만사를 풀어가는 그의 삶의 자세는 주위의 부러움을 산다. 그의 수련장이나 차실은 속세를 떠난 산중 다실처럼 고요하고 생명의 힘으로 가득하다. 그가 8년 만에 보여준 새로운 시편들은 다시 생명과 화합으로 들끓고 차인들의 정담으로 야단법석을 이루었다. 정화淨化의 순간들을 모아 일상에 뿌리를 내린 박남식의 시조는 그의 오랜 적공처럼 외롭지만 따스하고 다소곳이 앙금으로 가라앉은 모습은 힘차고 아름다웠다.

귓바퀴 마주 접어 세상 소리 틀어막고

온 삶의 군더더기 한순간에 걸어낸다

내 안의 우렛소리 들으며 적막함도 밀어낸다.

　－「적막한 날」 전문

　박남식이 부지런히 '틀어막고 걷어내고 밀어내는' "세상 소리"와 "군더더기"와 "적막함"은 정의롭고 단호하다. 무엇보다 "내 안의 우렛소리"를 다스릴 줄 아는 그의 예리함과 비범함은 그의 시조를 더욱 빛나고 반짝이게 하였다. 연치를 잊게 하는 그의 풍모와 삶의 자세에 박수를 보내며 글을 맺는다. 세월이 고맙고 반가운 시절이다.

시인과 반야로차를 마시다

—

초판 1쇄 2024년 8월 5일
지은이 박남식
펴낸이 김영재
펴낸곳 책만드는집

—

주소 서울 마포구 양화로3길 99, 4층 (04022)
전화 3142-1585·6
팩스 336-8908
전자우편 chaekjip@naver.com
출판등록 1994년 1월 13일 제10-927호
ⓒ 박남식, 2024

—

—

ISBN 978-89-7944-874-0 (04810)
ISBN 978-89-7944-354-7 (세트)